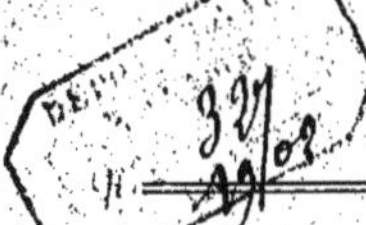

MAURICE DE MARSAN

Le Monsieur
de
chez Maxim's

Vaudeville en Un Acte

Représenté pour la première fois, à Paris, sur la scène du Concert Européen,
de la Pépinière et de l'Eden des Gobelins.

3 H. 3 F.

Visa de Juillet 1902.

PARIS

G. JOUBERT, Éditeur, 25, rue d'Hauteville.

C. JOUBERT, Successeur

ÉDITEUR DE MUSIQUE

PARIS. — 25, Rue d'Hauteville, 25. — PARIS

RÉPERTOIRE

DES OUVRAGES DE CONCERT EN UN ACTE

ABRÉVIATIONS : D. Veut dire du répertoire de la Société Dramatique, 8, rue Hippolyte Lebas. — Le surplus appartient au répertoire de la Société Lyrique, 10, rue Chaptal.

LOC. Veut dire : La musique n'est qu'en location et ne se vend pas.

Opérettes et Vaudevilles

AUTEURS	TITRES DES ŒUVRES	Hommes	Femm	Prix nets
Saint-Maurice	Abricot (L') d	troupe	»	loc.
D. Campisiano	Absalon	2	1	6 »
Guillemaud	Adrien n'aime pas le Piano	3	1	loc.
Vallès-Garnier	Affaire Cœurdeveau (L')	5	4	loc.
St-Paul-G. Rose fils	Agence est au-dessus (L')	3	3	
F. Bernicat	Agence Rabourdin (L')	4		5 »
Moreau	Ah! c'te Veine d	7	7	loc.
Japy	A huitaine	troupe		5 »
C. Roland	Aiguilleur (L') d	1		loc.
Bessière	A la Caserne	6	2	loc.
Lebreton-Bouvet	A la légion étrangère d	troupe	»	loc.
Ch. Esquier	Allumeur (L') d	2	1	loc.
L. Bouvet	Ami Chambardel (L')	3	1	loc.
Bessière-Ruffier	Ami Vandière (L) d	7	6	loc.
Lebreton	Amour à coups de poings (L')	2	2	loc.
Lebreton-St-Paul	Amour en dentelles (L')	2	1	loc.
G. Street	Amour en livrée (L')	3	1	5 »
Desormes	Amour et l'appétit (L')	1	1	4 »
Vallès-Garnier	Amour et sauvetage	3	2	loc.
A. Petit	Amoureux d'Yvonne (Les) d	3	6	5 »
V. Roger	Amour Quinze-Vingt (L')	3	1	4 »
Dottin, Boulay-Layrice	Amours d'un piston (Les)	3	2	loc.
M. Gribinski	Annonce (L')	3	3	loc.
Desormes	Antoine et Cléopâtre d	2	1	4 »
Bessier-Moreau	Aphrodites (Les) d	4	8	loc.
Dorfeuil-Moreau	Après la vie de Bohême d	troupe	»	loc.
L. Bouvet	A propos de bottes	2	»	loc.
J. Emmecé	A qui le gosse?	troupe	»	loc.
Monnery-Marien	Argot tel qu'on le parle (L)	5	3	loc.
M. Chautagne	Arracheuse de dents (L')	2	1	4 »
Marc Sonal	Arrêts de rigueur	1	1	loc.
Dourel, Roydel, Monjardin	Artistes pour rire d	6	4	loc.
Géraldy	Ascension du Mont-Blanc (L')	1	1	4 »
L. Martin-Duhem	Auberge du Tambour battant (L')	2	2	loc.
Oudot-de Gorsse	Au Chat qui pelote d	troupe	»	loc.
Banès	Au Coq huppé	3	2	5 »
Uzès	Au soleil d'or d	3	2	6 »
Lebreton-Moreau	Au temps des cerises d	5	3	loc.
Guérineau	Auteur par amour	1	2	5 »
Lebreton-Moreau	Autour d'une guérite d	3	2	loc.
Henry Moreau	Avant le bal	1	1	3 »
L. Rivaux et G. Dubreuil	Avarié du Mardi-Gras (L')	3	2	loc.
Colange, Garofalo, Combret	Baba Bouzouck d	5	6	loc.
Deransart	Baigneur et nageuse	1	1	3 »
Antigeos, Dourel-Roydel	Baigneuses de Cocotteville (Les)	5	9	loc.
Moreau	Balayeur de chez Maxim's (Le) d	7	8	loc.
Rose fils et Ryvez	Banquier malgré lui	3	3	loc.
Lesserre	Barbe-Bleue	1	»	2 »
L. Moche	Baronne	2	1	loc.
Ratée-Tranchant	Bataillon Desroches (Le) d	10	10	loc.
Autigeon-Desplau	Battage (Le) d	2	1	loc.
A. Moyne	Béguin d	2	1	loc.
Mestre-Aubry	Belle Dinde (La) d	9	11	loc.
De Marsan	Belle-mère apprivoisée (La)	4	3	loc.
Lebreton-St-Paul	Belle-mère est sans pitié (La)	2	2	loc.
Wachs	Bibi ou l'Enfant de l'Amour	1	1	4 »
L. Lebreton, L. Mars	Bon billet de logement (Le)	7	6	loc.
F. Bouvet-F. Muffat	Bonne nuit Tardiveau!	3 ou 2	2 ou 1	loc.
E. Bessière	Bonsoir!!!	1	1	loc.
Cellier-Joullot	Boudoir discret	2	1	loc.
Moreau-Gramet	Bougnol et Bougnol	4	2	loc.
Villebichot	Boum! Servez chaud	3	2	4 »
Hubans	Brelan de bègues	2	1	5 »
F. Bernicat	Cadets de Gascogne (Les)	troupe	»	7 »
Panès	Cadiguette (La)	1	1	5 »
Saint-Paul	Cage de l'Oncle Tom (La)	3	2	loc.
Lebreton	Caïn	3	2	loc.
Jarelot	Calino amoureux	2	1	3 »
Lebreton et Soudant	Camelots (Les)	6	5	loc.
Chevalet-Audray	Canne d'un grand homme (La) d	2	2	loc.
Lebreton-Moreau	Ça porte bonheur	5	3	loc.
V. Herpin	Capricorne (Le)	troupe	»	loc.
F. Barbier	Carmagnole (La)	3	3	5 »
Lebreton-Moreau	Carnaval conjugal (Le) d	9	9	loc.
A. Berthon	Carnaval des 4 z'arts	6	2	loc.
Levavasseur	Carte de visite (La)	3	3	loc.
Autigeon-Desplau	Cascadin et Cie	6	5	loc.
Chabaud, Colange Tranchant	Ce pauvre Bobinet	2	1	loc.
De Marsan	Ce Sacré Narcisse	4	4	loc.
E. Soudant	Ces canailles de couturières! d	6	6	2 »
Chelu	Chambre à louer	1	1	2 »
Cuvillier	Chambre à part d	4	2	loc.
Henry Moreau	Chambre de bonne d	3	2	loc.
L. Bouvet	Chanson de Florentin (La)	3	2	2 »
V. Roger	Chanson des Ecus (La)	3	1	4 »
P. Henrion	Chanteuse par amour (La) d	»	1	6 »
E. André	Chaos (Le)	1	1	loc.
Moreau-Boucherat	Chasse royale d	troupe	»	loc.
Lebreton-Moreau	Chasseurs Alpins (Les) d	6	6	loc.
Creutat	Chaste Suzanne (La) d	troupe	»	loc.
H. Gilbert	Chaste Suzanne			loc.
Yvel	Chéri des Dames	4	2	loc.
Dourel, Roydel, E. René	Chevalier Tric-Trac (Le)	2	8	loc.
Dourel-Roydel	Chez la Costumière d	troupe	»	loc.
Meynard	Chez le dentiste	3	1	1 »
Lhuillier	Chez les Corniquet	1	»	loc.
C. Rosenquest	Chicard et Bébé	1	1	loc.
Bomier	Chien et Chat d	4	1	5 »
Boulay-Layrice	Choc en retour d	2	2	loc.
L. Bouvet	Cinq à sept de chez Pétrone (Les)	6	4	loc.
Moreau-Gramet	Cinq contre un	3	3	loc.
L. Bouvet-F. Muffat	Cinq sous de Lavarenne (Les) d	4	3	loc.
E. Brasseur-L.T.	Circulaire du Préfet (La)	6	2	6 »
Villebichot	Cirque Ponger's (Le)	troupe	»	loc.
L. Bouvet	Clémence d'Auguste (La)	2	1	loc.
Bessière	Clou (Le)	2	2	6 »
L. Collin	Coco Bel-Œil	3	1	loc.
A. Petit	Cocotte et chiffonnier	1	1	loc.
L. Bouvet	Codicille (Le)	4	4	loc.
Villemer, Delormel, Péricaud	Colosse de Rhodes (Le)	3	»	4 »
A. Petit	Confections pour dames	2	4	5 »
L. Bouvet-Schmoll	Congrès des Cocottes (Le)	5	7	loc.
G. Touze H. Barbé	Conquêtes difficiles	3	1	loc.
Lebreton-Moreau	Conscrits bretons (Les) d	7	5	loc.
L. Collin	Conscrit tyrolien (Le)	1	1	loc.
E. Brasseur	Constat d'adultère d	6	3	loc.
Habrekorn et P. Marc	Contes de Piron (Les)	2	10	loc.
Lebreton-Moreau	Contrôleur des Wagons-Bars (Le)	5	3	loc.
R. Fayrrier, F. Loncalard	Coquins de Souliers	4	2	loc.
Ryvez	Cordon s'il vous plaît	3	3	loc.
Lebreton-Moreau	Cote et Cocottes	4	4	3 »
C. Roland	Courroie (La)	2	1	loc.
J. Marc et G. Habrekorn	Course aux pantalons (La) d	6	4	loc.
Habrekorn	Couturière est au-dessus (La)	2	5	loc.

MAURICE DE MARSAN

Le Monsieur

de

chez Maxim's

Vaudeville en Un Acte

Représenté pour la première fois, à Paris, sur la scène du Concert Européen,
de la Pépinière et de l'Eden des Gobelins.

3 H. 3 P.

Visa de Juillet 1902.

PARIS

G. JOUBERT, Éditeur, 25, rue d'Hauteville.

Répertoire de la Société Lyrique.

EXTRAIT DU REPERTOIRE MAURICE DE MARSAN

JOUBERT, Éditeur

SOCIÉTÉ LYRIQUE

TITRES	GENRE	HOMMES	FEMMES	DÉCOR	COLLABORATEURS
Venez donc nous voir !	comédie	4	3	salon	»
La Facture	saynète	1	2	salon	»
L'Ami Tatzy	vaudeville	4	3	salon	»
Ce Sacré Narcisse	vaudeville	4	4	salon	»
Le Crépuscule des Vieux	»	3	2	salon	»
Le Monsieur de chez Maxim's	»	3	3	jardin	»
Un Client pas sérieux	bouffonnerie	4	3	café	»
Le Revenant de la rue de la Pompe	vaudeville	5	4	salon	»
Monsieur Babolin	comédie	3	2	salon	»
Le Ménage Blésimard	»	3	2	salon	»
L'Empire du Milieu	vaudeville	3	2	salon	»
Partie Carrée	»	4	3	atelier	»
La Belle-mère apprivoisée	vaud. opérette	4 ou 6	3	jardin	»
Le Truc de Binochet	vaudeville	3	2	jardin	GUILLEMAUD

SOCIÉTÉ DRAMATIQUE

TITRES	GENRE	HOMMES	FEMMES	DÉCOR	COLLABORATEURS
Par Téléphone (2 tableaux)	parod.-com.	3	3	jardin-salon	»
Peau Neuve	comédie	3	3	salon	»
Lebille est de Logement (3 tableaux)	vaudeville	7	8	1 café-2 salon	»
Non Lieu	comédie	3	»	prison	»
La Culotte à l'Envers (4 tableaux)	fant.-bouffe	—	troupe	3 salons place publiq.	GUILLEMAUD
Les Enfants d'Edouard	comédie	2	3	salon	»

LE MONSIEUR DE CHEZ MAXIM'S

Vaudeville en Un Acte

De M. Maurice de MARSAN

Représenté pour la première fois, à Paris, sur la scène du

PERSONNAGES

	Concert Européen	Pépinière	Eden des Gobelins
ARISTIDE MOULINARD, 45 ans	MM. FERNANDES	COURVILLE	BRAVO
NESTOR DURANDEAU, 45 ans	GALAN	RANBARD	S. OMER
LÉON VERDUNOIS, 30 ans	DEMANCHE	REY NOLS	[illegible]
ADRIENNE MOULINARD, 28 ans	Mmes THAIS	MARIA PADRA	HERMANIA
CLÉMENCE DURANDEAU, 28 ans	JANE FRANCK	CARMEN GILBERT	YVONNE DIRIS
UN GAMIN (travesti), 14 ans		FLORY	

[illegible] — Le jardin d'une villa à Bougival. A droite, la villa [illegible] — A gauche, une [illegible] — Au milieu, une table et [illegible] chaises. — Au fond, un [illegible] à gauche, l'autre à droite. [illegible]

SCÈNE PREMIÈRE

ARISTIDE, NESTOR. *[illegible]*

NESTOR, *[illegible]*

Attention ! C'est ici que [illegible] … Vous savez que je joue pour [illegible]…

ARISTIDE

Et moi [illegible]

NESTOR

[illegible]

NESTOR

[illegible]

NESTOR

Excellent !

ARISTIDE

[illegible] dix-septième majeure… [illegible] quatre-vingt-quatre.

NESTOR

Et puis quoi encore ?… Ah ! Diable ! Est-ce que vous avez gardé vos valets ?…

ARISTIDE

[illegible] de valets, quatre-vingt-dix-huit…

NESTOR

[illegible]

ARISTIDE

Quand [illegible]

NESTOR

[illegible]

ARISTIDE

[illegible]

NESTOR

Vous avez bien raison ! Dites donc, Moulinard, si qu'on fumerait une petite pipette ?

ARISTIDE

C'est une idée ! Profitons de ce que ces dames ne sont pas là !

NESTOR, *tout en bourrant sa pipe.*

Ça ne fait rien, nous ne pouvons pas nous plaindre, nous avons de la chance d'avoir des femmes qui s'entendent si bien...

ARISTIDE

Heureusement ! car s'il en était autrement, la vie ne serait pas tenable. Quand on vit côte à côte, comme c'est le cas pour nous, il faut être d'accord !

NESTOR

Assurément, et je me félicite de vous avoir pour voisin ! Car je ne vous le cache pas, quand nous avons loué ici, je me demandais quel serait l'autre locataire du pavillon !

ARISTIDE

C'est comme moi ! Mais dès que je vous ai vu, j'ai pensé tout de suite que nous nous entendrions, et ma femme aussi ; madame Durandeau lui a fait, dès le premier jour, une excellente impression.

NESTOR

Et réciproquement, mon cher Moulinard, je vous assure. Quand vous êtes venu visiter le pavillon, ma femme m'a dit : tiens, voilà des gens très bien ! Je serais bien contente s'ils louaient le rez-de-chaussée.

ARISTIDE

Le fait est que nous avons sympathisé dès le premier jour, et aujourd'hui madame Durandeau et madame Moulinard sont inséparables... elles ne se quittent plus... elles vont à Paris ensemble...

NESTOR

C'est comme nous !

ARISTIDE

Et j'en suis ravi, parce que, je ne vous le cache pas, ça m'ennuyait de laisser Mᵐᵉ Moulinard aller toute seule à Paris... j'avais toujours peur.

NESTOR

Peur de quoi ?

ARISTIDE

Eh ! eh ! D'une mauvaise rencontre !.. On ne sait jamais.

NESTOR

Voyons ! voyons ! Vous n'avez donc pas confiance en Mᵐᵉ Moulinard ?

ARISTIDE

La plus entière confiance ! Je voulais parler d'un accident... de la rencontre d'un de ces malappris, de ces paltoquets qui se croient tout permis vis-à-vis d'une femme seule.

NESTOR

A la bonne heure ! Je m'étonnais aussi..

ARISTIDE

Et vous aviez raison ! je ne voudrais pas faire à ma femme l'injure du plus léger soupçon !

NESTOR

Vous pensez comme moi ! De ce côté là je suis bien tranquille avec Clémence, je puis dormir sur mes deux oreilles... mais pour ce qui est de ces impertinents dont vous parliez tout à l'heure je partage votre avis... ainsi, tenez, pas plus tard qu'hier...

ARISTIDE

Hier ?

NESTOR

Oui .. Hier soir, quand en sortant du théâtre nous sommes allés dans ce restaurant... vous savez bien...

ARISTIDE

Ah ! oui ! chez Maxim's...

NESTOR

C'est ça ! Eh bien, vous n'avez pas remarqué tous ces imbéciles qui avaient l'air de faire les yeux doux à nos femmes... ?

ARISTIDE

Ma foi non ! je n'ai pas remarqué... vous croyez que...

NESTOR

Absolument ! Ils avaient l'air de nous regarder comme des bêtes curieuses...

ARISTIDE

Pas possible !

NESTOR

Si fait' ! En tous cas, voilà un café ou je ne mettrai plus les pieds... avec ma femme ! Et vous ?

ARISTIDE

Oh ! moi, je n'y étais jamais allé, j'étais curieux de voir comment c'était, mais à présent...

NESTOR

Tout ça ne vaut pas Bougival...

ARISTIDE

Ni la pêche à la ligne !

NESTOR

Nous sommes des veinards !

ARISTIDE

Tiens ! voilà ces dames !

SCÈNE II

LES MÊMES, Adrienne, Clémence.

ADRIENNE, *à Clémence en sortant de la maison.*

Nous recevons si peu de monde qu'un seul salon nous suffira largement.

ARISTIDE

Enfin ! vous voilà ! Nous commencions à désespérer de vous voir !

CLÉMENCE

Nous venons de terminer l'installation du salon.

NESTOR, *à Aristide.*

Ah ! c'est vrai ! il y a longtemps que ces dames voulaient faire cette modification.

ADRIENNE

Et nous pensons que c'est bien mieux ainsi ; nous avons mis tous les meubles dans le salon de droite, ce qui fait que vous pourrez, Messieurs, réaliser votre désir et transformer le salon de gauche en salle de billard !

CLÉMENCE

Vous ne direz pas que nous ne pensons pas à vous !

ARISTIDE

Nous n'avons jamais dit cela ! Et pas plus tard

que tout à l'heure, Durandeau et moi, nous faisions votre éloge ! N'est-ce pas, cher ami ?

NESTOR

C'est l'exacte vérité, et nous nous félicitions, Mesdames, de vous voir si parfaitement d'accord.

CLÉMENCE

Enfin, à partir d'aujourd'hui, nous n'avons plus qu'un seul salon. Nous avons pensé que c'était suffisant, car madame Moulinard et moi nous ne recevons pas tellement de visites...

ADRIENNE

Et nous ferons la même chose pour les deux salles à manger, une seule suffirait et on pourrait utiliser l'autre pour installer une salle de bains. Qu'en pensez-vous ?

ARISTIDE

Faites comme vous voudrez !

NESTOR

Ce que vous ferez sera bien fait !

CLÉMENCE

A la bonne heure !

ADRIENNE, *à Moulinard.*

Est-ce que tu sors aujourd'hui, Aristide ?

ARISTIDE

Je n'en sais rien, ma bonne ! *(A Nestor)* Sortez-vous ?

NESTOR

Ma foi... je me tâte !

CLÉMENCE, *à Durandeau.*

Nestor, mon ami, tu devrais toujours sortir après le déjeûner, ça te ferait du bien ! Tu sais ce que le médecin t'a dit !

NESTOR

C'est vrai ! il faut que je prenne de l'exercice ! Tiens, justement, je dois aller chercher des asticots chez le père Absalon !.. M'accompagnez-vous, Moulinard ?

ARISTIDE

Mais oui !... ça me promènera ! Alors, Mesdames, à tout à l'heure !

NESTOR

Le temps d'aller et de revenir.

CLÉMENCE

Oh ! ce n'est pas la peine de vous presser !

ARISTIDE, *à Nestor.*

Prenons-nous par la route ou par le petit chemin ?

NESTOR

Oh ! par le petit chemin ! c'est le plus long, mais il y a de l'ombre !

ARISTIDE

Eh bien ! en route ! (*Ils sortent.*)

SCENE III

Adrienne, Clémence, *puis le* Gamin.

ADRIENNE, *regardant les hommes s'éloigner.*

Eh bien ! ma chère ! qu'est-ce que vous en dites ?

CLÉMENCE

Je dis qu'ils étaient faits pour s'entendre et, j'en suis bien contente !

ADRIENNE

Moi aussi ! Au moins comme ça, ils nous laissent tranquilles, et de notre côté, nous pouvons nous arranger à notre guise ! (*Un gamin est entré du côté de la route il semble chercher*).

CLÉMENCE, *l'apercevant.*

Tiens ! qu'est-ce que c'est que ce gamin ? il a l'air de chercher quelque chose ?...

LE GAMIN, *s'approchant de Clémence.*

Bonjour, M'sieu et Dame ! C'est-y vous qui demeurez là ?

ADRIENNE

Oui, mon ami, c'est nous ! Qu'est-ce que tu veux ?

LE GAMIN

Ah ! bien, alors, si c'est vous, ça va bien ! (*Il tire une lettre de sa casquette*) Voilà une lettre qu'on m'a donnée pour vous remettre...

ADRIENNE

A qui ?

LE GAMIN

Ah çà ! je n'en sais rien ! Le Monsieur m'a dit comme ça : tu vas porter cette lettre à la dame qui demeure dans le pavillon, au bout de l'allée.

CLÉMENCE

Un Monsieur ? Quel Monsieur ?

LE GAMIN

Un Monsieur... grand... bien habillé... qui n'est pas d'ici...

ADRIENNE, *à Clémence.*

Qui cela peut-il bien être ?.. Est-ce pour vous ?

CLÉMENCE

Je ne sais pas ! Voyons toujours la lettre...

ADRIENNE, *prend la lettre.*

Est-ce qu'il y a une réponse ?

LE GAMIN

Non... il ne m'a rien dit !

CLÉMENCE

C'est bon ! tu peux t'en aller ! (*Elle lui donne une pièce.*)

LE GAMIN

Merci, m'sieu et dame ! (*Il se sauve en courant.*)

CLÉMENCE, *s'approchant.*

Il n'y a rien sur l'enveloppe ?

ADRIENNE, *regardant la lettre.*

Non !.. Faut-il l'ouvrir ?

CLÉMENCE

Mais oui... bien sûr !

ADRIENNE, *ouvre la lettre et lit.*

« Madame, j'ai gardé un si charmant souvenir
« des instants trop courts que nous avons passés
« ensemble hier... (*Elle s'arrête.*)

CLÉMENCE

Hier ? Mais nous étions ensemble !.. Continuez !

ADRIENNE, *reprenant la lecture.*

« Passés ensemble hier... que je ne puis résis-
« ter au désir de vous revoir au plus tôt... Je vous

« ai suivies sans que vous vous en doutiez... »
Suivies est au pluriel...

CLÉMENCE

Alors il s'agit de nous deux !

ADRIENNE, *lisant.*

«... Sans que vous vous en doutiez et j'ai su
« votre adresse. Aujourd'hui, je suis décidé à
« vous revoir à tout prix et je me présenterai chez
« vous à 4 heures... »

CLÉMENCE

Et c'est signé ?

ADRIENNE

« Celui qui vous adore. »

CLÉMENCE

Mais ça n'est pas un nom, ça ! Il n'y a pas
autre chose ?

ADRIENNE

Si... attendez... « Léon Verdunois. »

CLÉMENCE

Léon Verdunois ?

ADRIENNE.

Et au-dessous : Le Monsieur de chez Maxim's. »

CLÉMENCE

Ah ! Je me souviens à présent !...

ADRIENNE

Moi aussi ! C'est le Monsieur blond qui nous a
parlé hier quand nous sommes allées au lavabo...
chez Maxim's !

CLÉMENCE

Mais oui ! il a même été très entreprenant...

ADRIENNE.

Je vous crois, il m'a pincé la taille !.. C'est
sûrement à moi que cette lettre est adressée...

CLÉMENCE

Ecoutez, ma chère, j'aurais pourtant des raisons
de croire qu'elle est pour moi, car ce n'est pas la
taille que ce Monsieur m'a pincé... et de plus, il
m'a parlé...

ADRIENNE

A moi aussi !

CLÉMENCE

Il m'a même dit quelque chose de risqué...

ADRIENNE

Pas si risqué, que la demande qu'il m'a adressée.

CLÉMENCE

Mais moi, je lui ai répondu... affirmativement,
j'ai accepté...

ADRIENNE

Eh bien ! Moi aussi

CLÉMENCE

Dans ce cas, je me demande ce qu'il faut faire
car il faut nous décider et ce jeune homme peut
arriver d'un moment à l'autre...

ADRIENNE

Faut-il le recevoir ?

CLÉMENCE

Comment donc ! On peut toujours voir... ça ne
nous engage à rien... il s'agit seulement de savoir
laquelle de nous deux le recevra...

ADRIENNE

Tenez ! il me vient une idée ! Nous allons tirer
au sort. (*Elle regarde autour d'elle.*)

CLÉMENCE, *avisant les cartes.*

Voilà des cartes... celle qui sortira la plus forte
carte !

ADRIENNE.

Accepté !

CLÉMENCE, *après avoir battu les cartes.*

Choisissez !

ADRIENNE, *tirant une carte.*

Le valet de trèfle ! A vous !

CLÉMENCE, *prenant une carte.*

Roi de cœur !

ADRIENNE

Allons ! c'est vous qui le recevrez !.. Tenez,
voilà la lettre !

CLÉMENCE, *prenant la lettre.*

Sans rancune ?

ADRIENNE

Vous voulez rire !.. Entre nous, ça n'a pas d'importance ! Je vais m'occuper d'éloigner ces messieurs pour qu'ils ne se rencontrent pas avec ce jeune homme et surtout... qu'ils ne vous dérangent pas pendant que...

CLÉMENCE

Oh ! comme vous y allez ! Mais il n'y aura rien du tout !

ADRIENNE

Dans tous les cas, il n'y a pas de temps à perdre, il faut nous concerter et prendre nos dispositions en vue de l'arrivée de... de...

CLÉMENCE

...de M. Léon Verdunois... car il s'appelle Léon !

ADRIENNE

Je vais donner à mon mari l'idée d'aller à la pêche et il emmènera sûrement M. Moulinard.

CLÉMENCE

C'est ça !

ADRIENNE, *prenant son ombrelle.*

Tenez, je vais aller au devant d'eux...

CLÉMENCE

Comme vous êtes gentille ! Mais vous savez, c'est à charge de revanche... je vous revaudrai ça à la première occasion.

ADRIENNE

C'est entendu ! (*Elle sort par le petit chemin.*)

SCÈNE IV

Clémence, *puis* Moulinard.

CLÉMENCE, *tenant la lettre.*

Il n'y a pas de doute ! la lettre est bien pour moi ! et cette pauvre Mme Durandeau qui se figurait... Enfin ! heureusement que le hasard m'a favorisée... Mais ça ne fait rien ! je ne me doutais pas ce matin qu'aujourd'hui je recevrais, en cachette de mon mari, la visite d'un monsieur sur les intentions duquel je ne peux pas avoir d'illusions après ses tentatives d'hier !.. Comment vais-je le recevoir ?.. Que faire, s'il se montre entreprenant ?.. Et il le sera..: Et puis, il est vraiment très bien !.. Ah ! il est rudement mieux

qu'Aristide ! Ce pauvre Aristide !.. Enfin ! nous verrons quand il sera là... pour le moment, il faut éloigner mon mari... Comment m'y prendre pour le décider à accompagner Durandeau ?.. Ah ! une idée !

MOULINARD, *entrant par la gauche.*

Tiens ! Poupoule ! tu es toute seule ? Où donc est passée Madame Durandeau ?

CLÉMENCE

Elle est allée au devant de son mari... Mais je vais t'en apprendre une bien bonne !

MOULINARD

A propos de quoi ? de qui ?

CLÉMENCE

A propos de Durandeau !

MOULINARD

De Durandeau ! je ne saisis pas !

CLÉMENCE, *après avoir regardé autour d'elle. Confidentielle.*

Tu ne saisis pas ! Eh bien ! madame Durandeau trompe son mari !

MOULINARD

Comment dis-tu ça ?

CLÉMENCE

Je dis que madame Durandeau a un amant !

MOULINARD, *stupéfait.*

Elle a un amant ! Es-tu bien sûre de ce que tu dis là ?

CLÉMENCE

Absolument...

MOULINARD

Alors, comme ça, ce pauvre Durandeau est cocu !

CLÉMENCE

Il faut croire ! D'ailleurs madame Durandeau m'a fait ses confidences... elle attend son amant aujourd'hui.

MOULINARD

Et son amant va venir ici ?

CLÉMENCE

Oui... à 4 heures !

MOULINARD

Dis donc ! Est-ce que Durandeau connaît l'amant de sa femme ?

CLÉMENCE

Non ! mais madame Durandeau me l'a montré hier, il était chez Maxim's quand nous sommes arrivés... tu l'as peut-être vu toi-même. C'est un blond grand, mince, avec un monocle...

MOULINARD

Mais oui, je l'ai vu, il était assis tout seul à une table en face de la nôtre !

CLÉMENCE

C'est ça !... Et tu sais bien quand nous sommes allées au lavabo, il est monté rejoindre madame Durandeau, il lui a parlé, je n'ai fait semblant de rien, mais j'ai entendu quand il lui a donné rendez-vous pour aujourd'hui.

MOULINARD

Eh ! Eh ! Elle ne doit pas s'embêter la petite mère Durandeau ! C'est un bel homme en effet ! Seulement je trouve que c'est très imprudent de sa part de donner ses rendez-vous ici ! Durandeau n'aurait qu'à la surprendre...

CLÉMENCE

C'est vrai ! Aussi, faut-il s'arranger pour que ça n'arrive pas, et pour ça, tu n'as qu'une chose à faire !

MOULINARD

Moi ! Comment ça ?

CLÉMENCE

Oui, tu vas emmener Durandeau sous le prétexte que tu voudras... une partie de pêche par exemple...

MOULINARD

C'est ça ! C'est ça ! ça tombe d'autant mieux qu'il est resté chez le père Absalon pour choisir des hameçons...

CLÉMENCE

Et tu l'occuperas, tu le surveilleras, tu ne le quitteras pas pour l'empêcher de revenir ici avant ce soir...

MOULINARD, *riant.*

Très drôle ! Très drôle ! C'est très bien imaginé, va, tu peux être tranquille, je le surveillerai et sa femme pourra recevoir son amoureux en toute sécurité... Non, décidément, c'est bien drôle la vie... (*Il rit.*)

CLÉMENCE

Qu'est-ce qui te fait rire ?

MOULINARD

Figure-toi que tout à l'heure encore, ce pauvre Durandeau ne tarissait pas en éloges sur le compte de sa femme, il me vantait sa fidélité... Eh bien ! il y a la main ! elle est jolie, la fidélité...

CLÉMENCE

J'espère bien que tu seras discret !...

MOULINARD

Bien sûr ! Je vais lui laisser ses illusions à ce brave ami.

CLÉMENCE

Mais c'est qu'il n'a pas l'air d'arriver bien vite... pourvu qu'il revienne !

MOULINARD

Oh ! il reviendra ! seulement je te dis qu'il s'est arrêté en route. Mais en l'attendant, je vais préparer mes ustensiles de pêche pour être tout prêt à l'emmener...

CLÉMENCE, *gagnant vers la porte.*

C'est ça ! Tu viens ? Moi je vais monter dans ma chambre... j'ai des lettres à écrire...

MOULINARD, *la joignant.*

Oui... je l'emmènerai pêcher près du barrage... (*Ils entrent dans le pavillon.*)

SCÈNE V

Durandeau, Adrienne, *arrivant par la gauche.*

ADRIENNE, *à Durandeau.*

C'est comme je te le dis... son amant doit venir ici à 4 heures... aujourd'hui même !

DURANDEAU

Ça c'est du toupet ! Mais tu me renverses avec ce que tu me dis là ! Ce pauvre Moulinard est donc cocu ! lui qui a une si belle confiance en sa femme.

ADRIENNE

Sa confiance est mal placée, voilà tout !

DURANDEAU

Et lui qui, il n'y a qu'un instant, me vantait la fidélité de sa Clémence !... je ne peux pas m'empêcher de rire en songeant qu'il est cocu !

ADRIENNE

C'est toujours comme ça, les maris trompés sont aveugles !

DURANDEAU

Mais j'y pense ! il faudrait éloigner Moulinard, s'arranger pour qu'il ne se rencontre pas avec l'amant de sa femme... Est-ce qu'il le connaît !

ADRIENNE

Non... je ne crois pas !

DURANDEAU

Et toi, le connais-tu ?

ADRIENNE

Mais oui... je l'ai vu hier, chez Maxim's. Elle me l'a montré... il était assis à une table en face de nous... tu n'as pas remarqué ?... un grand, blond ?...

DURANDEAU

Ma foi non ! je n'ai pas fait attention !

ADRIENNE

Et quand nous sommes allées au lavabo, il est venu la rejoindre, c'est là qu'il lui a donné le rendez-vous de ce soir, ils ont cru que je ne les entendais pas. .

DURANDEAU

Elle va bien, Mme Moulinard, mais dis donc, ça n'est pas tout ça ! Comment faire pour éloigner Moulinard ?

ADRIENNE

C'est bien simple ! propose-lui une partie de pêche.

DURANDEAU

C'est vrai ! ça prendra d'autant mieux qu'il sait que j'ai acheté des hameçons nouveau modèle ; je lui dirai que je veux les essayer.

ADRIENNE

C'est ça ! et je serais bien étonnée qu'il refuse.

DURANDEAU

ne refusera pas... je le connais ! Et une fois que je le tiendrai, je ne le lâcherai pas jusqu'à ce

soir. Mais il y a une chose qui m'embête, j'aurais voulu voir la trompette du gigolo qui fait cocu cet excellent Moulinard...

ADRIENNE

A quoi cela t'avancerait-il ? Pour l'instant, l'essentiel est de mettre la main sur Moulinard et de le décider à t'accompagner. Sais-tu où il est ?

DURANDEAU

Il m'a quitté pendant que j'étais chez le père Absalon, il a dû rentrer.

ADRIENNE

Attends-moi ! je vais aller voir. (*Elle entre dans le pavillon*).

DURANDEAU, *à part*.

Ce pauvre Moulinard ! je ne pourrai plus le regarder sans avoir envie de rire...

SCÈNE VI

Moulinard, Durandeau, Adrienne.

MOULINARD, *sortant avec Adrienne, il est chargé d'ustensiles de pêche, à Durandeau.*

Ah ! vous voilà, cher ami, ça n'est pas trop tôt, je vous attendais !

DURANDEAU

Tiens ! c'est curieux ! moi aussi ! je voulais vous proposer une partie de pêche.

MOULINARD

Comme ça se rencontre ! figurez-vous que je venais vous demander de m'accompagner jusqu'au barrage pour essayer vos hameçons nouveau modèle !

ADRIENNE

Eh bien ! Messieurs, amusez-vous bien, je vous laisse, j'ai une petite course à faire, je vais m'habiller. (*Elle entre dans le pavillon.*)

MOULINARD, *à part.*

La mâtine ! je crois qu'elle va plutôt se déshabiller !

DURANDEAU

Alors, c'est entendu ! il ne fait pas de vent, nous avons du soleil, c'est un beau temps pour le gardon !

MOULINARD

Seulement, nous n'avons pas de temps à perdre, je suis tout prêt et vous ?

DURANDEAU

Le temps d'aller chercher mon épuisette qui est en réparation à côté, et je suis à vous... Vous m'attendez...

MOULINARD

Oui, mais dépêchez-vous ! (*A part*) Ça n'a pas été difficile ! Le pauvre homme ! (*Il vérifie l'empaquetage de ses cannes à pêche pendant que Mme Durandeau sort du pavillon sans qu'il la voie, elle passe par le chemin de gauche et s'éloigne*).

DURANDEAU

J'en ai pour deux minutes ! (*A part*) le pauvre garçon, c'est lui-même qui veut s'en aller !.. Ah ! les cocus !.. Les cocus ! (*Il sort à droite.*)

SCÈNE VII

Moulinard, *seul, puis* Verdunois, *puis* Durandeau.

C'est beau, la confiance ! Ah ! toutes les femmes ne sont pas comme la mienne ! Cette petite madame Durandeau ne m'a jamais paru sérieuse. (*Il aperçoit Verdunois qui est entré par la gauche et semble chercher.*) Tiens ! quel est ce Monsieur... il me semble que je l'ai déjà vu !.. Ah ! j'y suis... c'est le Monsieur de chez Maxim's ! (*Il va vers Verdunois*) Psitt Hé Hé ! Monsieur !

VERDUNOIS, *à part.*

Tiens ! l'un des maris ! Diable ! tant pis... puisqu'il m'a vu ! (*Haut*) C'est à moi que vous parlez, Monsieur...

MOULINARD

Oui, Monsieur le Don Juan, c'est à vous !

VERDUNOIS

Mais, Monsieur, je n'ai pas l'honneur de vous connaître !

MOULINARD

Ça ne fait rien ! Moi, je vous connais... et je sais pourquoi vous venez ici !

VERDUNOIS

Mais, monsieur...

MOULINARD

Inutile de faire des manières... il s'agit de vous

presser car le mari peut arriver d'un instant à l'autre ! (*Désignant le pavillon.*)Tenez c'est là... la porte à gauche, dépêchez-vous...

VERDUNOIS

Vraiment, Monsieur, je...

MOULINARD

Non ! Mais est-il entêté ! puisque je vous dis qu'elle vous attend ! On dirait, ma parole, que vous le faites exprès ! Vous voulez donc vous faire pincer ! Ah ! jeune homme ! jeune homme ! c'est beau d'être jeune, mais il faut être prudent tout de même. On vient !.. Entrez vite, vous me remercierez plus tard ! (*Il pousse Verdunois dans la maison, Durandeau paraît.*) Il était temps !

DURANDEAU, *portant ses accessoires.*

Me voilà ! je suis prêt !

MOULINARD

Alors ? en route ! Il ne vous manque rien...

DURANDEAU, *vérifie son matériel.*

Ah ! Sacrebleu ! j'oubliais mes asticots... je vais les prendre, ils sont dans la cour... (*Il passe derrière le pavillon.*)

MOULINARD, *seul.*

Le pauvre garçon ! il n'a pas l'air de se douter que sa femme est sans doute déjà en train de pêcher... Tiens... du bruit dans le salon... C'est elle !.. Diable ! (*Il va à la fenêtre et cherche à voir en se haussant*) On ne voit rien ! C'est dommage ! (*Il tend l'oreille*) Mais en revanche on entend !.. Oh ! oh !.. Mais ils vont bien làdedans ! On s'embrasse... ah! ça devient grave... Sapristi, il y a des meubles à moi, là-dedans... pourvu qu'ils ne cassent rien !.. Ce pauvre Durandeau ! Ça ne fait rien, j'aime mieux que ça soit lui que moi ! Attention ! le voilà ! (*Il s'éloigne de la fenêtre.*)

DURANDEAU, *apparaissant.*

Mon cher Moulinard, je suis à vos ordres !

MOULINARD

Quand vous voudrez !

DURANDEAU

En route !

MOULINARD, *à part.*

Il faut les prévenir ! (*Criant*) Nous partons !

DURANDEAU

A qui dites-vous ça ?

MOULINARD

A ma femme ! Pour qu'elle ne me cherche pas...

DURANDEAU, *à part.*

Ça c'est un comble ! Mon Dieu que les cocus sont ridicules ! *(Il rassemble ses instruments.)*

MOULINARD, *même jeu, à part.*

Le pauvre homme ! s'il se doutait !..

DURANDEAU, *sa canne à pêche sur l'épaule.*

Par le petit chemin ou par la route ?

MOULINARD

Comme vous voudrez... *(Il fredonne.)*

> Si les cocus sont gras
> C'est que l'on en tue guère
> Si les cocus sont gras
> C'est que l'on n'en tue pas...

DURANDEAU, *à part.*

Le pauvre homme !... s'il se doutait .. *(Il rit.)*

MOULINARD

Qu'est-ce qui vous fait rire ?... C'est ma chanson ?

DURANDEAU

Oui, c'est votre chanson, elle est très drôle, je la connais...

MOULINARD

Tiens ! tiens ! *(A part)* Le pauvre bougre...

DURANDEAU, *chantant et gagnant le fond.*

> Et si l'on n'en tue pas,
> C'est qu'y aurait trop à faire.

(Ils sortent, le reste de la chanson se perd.)

SCENE VIII

Verdunois, Clémence, *puis* **Adrienne.**

CLÉMENCE, *sortant du pavillon,*
un peu décoiffée.

Oh ! Monsieur Léon, c'est très mal !

VERDUNOIS

Quoi donc ?

CLÉMENCE

D'avoir abusé comme vous l'avez fait d'une faible femme sans défense...

VERDUNOIS

Est-ce un reproche ?

CLÉMENCE

Non, mais avouez que vous êtes d'une imprudence et d'une audace...

VERDUNOIS

Que voulez-vous ? Quand, comme moi, on est amoureux, on ne recule devant rien...

CLÉMENCE

Le fait est qu'en venant ici, vous ne saviez pas comment j'allais vous recevoir...

VERDUNOIS

C'est un peu vrai, et pourtant, après ce qui s'est passé hier...

CLÉMENCE

Mais hier, il ne s'est rien passé du tout... ou si peu de chose... c'est tout au plus si, au lavabo du restaurant, vous m'avez frôlée d'un peu près pendant que je me lavais les mains... et moi, c'est à peine si je vous ai regardé...

VERDUNOIS

C'est possible ! mais il faut croire que ce frôlement et ce regard ont suffi pour déterminer en moi le désir fou de vous connaître davantage...

CLÉMENCE

Oh ! j'ai bien peur que vous ne soyez pas sincère... et si c'était à refaire... Eh ! bien !..

VERDUNOIS

Eh bien ?

CLÉMENCE

Je ne ferais pas ce que j'ai fait et je le regrette...

VERDUNOIS

Tant pis... il est trop tard ! Vous n'avez plus rien à regretter... et puis d'abord... je suis sincère!

CLÉMENCE

Je veux bien vous croire ! Mais qu'est-ce qui me prouve que vous ne veniez pas pour mon amie... la dame qui était avec moi hier?

VERDUNOIS

Comment pouvez-vous supposer cela ?.. Et ma lettre ?

CLÉMENCE

Précisément ! Votre lettre pouvait aussi bien s'adresser à elle, et, pour être exacte, je dois vous dire qu'en la recevant, nous avons tiré au sort pour savoir laquelle de nous deux vous recevrait.

VERDUNOIS

Et c'est vous que le sort a désignée ?

CLÉMENCE

Oui !

VERDUNOIS

Eh bien ! pour une fois, le hasard a bien fait les choses, car c'est à vous que ma lettre était adressée... et si j'avais su votre nom vous n'auriez pu avoir de doute... D'ailleurs à vous dire vrai, votre amie ne me plaît pas,.. je n'aime pas les blondes (*les brunes*) et elle est blonde. (*Brune.*)

CLÉMENCE

C'est bien vrai ?

VERDUNOIS

Absolument !

CLÉMENCE

Pourtant, il m'a semblé que vous la serriez de près, elle aussi ?

VERDUNOIS

Vous avez fait erreur... ou si vous l'avez cru, c'est que je cherchais à me rapprocher de vous.

CLÉMENCE

Eh bien ! soit ! je vous crois et je vous pardonne !

VERDUNOIS

Alors ? Nous nous reverrons ?

CLÉMENCE

Oui... je vous écrirai... pour le moment, je vais aller retrouver mon mari qui est à la pêche pour lui enlever tout soupçon... laissez-moi partir devant !

VERDUNOIS

Mais c'est convenu ? Vous m'écrirez... J'y compte !

CLÉMENCE

Oui ! (*Elle donne sa main.*)

VERDUNOIS

Allons ! un baiser ?

CLÉMENCE

Tenez ! (*Elle se laisse embrasser*) Je me sauve, à bientôt ! (*Elle sort à droite.*)

VERDUNOIS

A bientôt ! (*Il la regarde s'éloigner.*) Elle est épatante cette petite femme là ! A la bonne heure ! au moins avec elle, ça n'a pas traîné ! C'est à peine si elle a protesté ! Et dire que j'étais venu ici au petit bonheur sans trop savoir où j'allais ! Je ne m'attendais certes pas à réussir si complètement et si vite... Et puis surtout je n'étais pas fixé et je me demandais à laquelle des deux on remettrait ma lettre .. car toutes les deux valent le dérangement et je ne savais laquelle choisir... Allons ! elle doit être loin, maintenant, je vais pouvoir m'en aller... (*Apercevant Mᵐᵉ Durandeau qui arrive par la gauche.*) Tiens ! tiens ! voilà l'autre ! (*Saluant,*) Madame !

ADRIENNE

Ah ! ah ! monsieur Verdunois... n'est-ce pas ?

VERDUNOIS

Lui-même !

ADRIENNE

Et vous attendez la destinataire de votre lettre ?

VERDUNOIS, *à part.*

Au fait ! pourquoi pas ? (*Haut*) C'est vous, Madame que j'attendais...

ADRIENNE, *joyeuse.*

Moi ?

VERDUNOIS, *avec élan.*

Oui ! vous ! Vous n'avez donc pas compris que la lettre était pour vous...

ADRIENNE

Je m'en doutais bien un peu... seulement comme il n'y avait aucune indication spéciale... mon amie et moi ne pouvions deviner...

VERDUNOIS

Oui... je sais... cette dame, votre amie, m'a dit...

ADRIENNE

Vous l'avez vue ?

VERDUNOIS

Oui... et je me suis excusé auprès d'elle de la méprise, car c'était vous que je voulais revoir et non pas elle...

ADRIENNE

Est-ce bien vrai ?

VERDUNOIS

Je vous le jure... D'abord je n'aime pas les brunes (les blondes) est votre amie est brune (blonde) tandis que vous... Oh ! vous...

ADRIENNE

Pourtant hier au restaurant, il m'avait semblé que vous la regardiez avec insistance...

VERDUNOIS

C'était pour donner le change aux Messieurs qui vous accompagnaient... car c'est vous seule que j'admirais, c'est vous que je suis venu chercher ici ! C'est vous que j'aime, c'est vous que je veux...

ADRIENNE

Ah ! si vous étiez sincère !... Eh bien !...

VERDUNOIS

Eh bien ?

ADRIENNE

Eh bien ! je... (*Tendant l'oreille*) Mais on vient, nous ne pouvons rester là... tenez... entrez là, nous causerons...

VERDUNOIS

Tout ce que vous voudrez... je vous adore... (*Ils entrent dans le pavillon.*)

SCÈNE IX

Durandeau, *puis* Verdunois.

DURANDEAU, *arrivant par la gauche.*

J'ai laissé Moulinard au barrage, ça mord et je suis bien tranquille, il ne bougerait pas de sa place pour un boulet de canon ! (*S'approchant*) Mais je voudrais voir la tête du Monsieur de chez Maxim's, l'amoureux de Mme Moulinard... (*Tendant l'oreille*) Eh ! eh ! Mais ils sont dans le salon ! mes pauvres meubles ! car elle ne choisira pas les siens !... Oh ! oh ! On a l'air de ne pas s'embêter la dedans ! Cette sacrée Madame Moulinard ! Je m'en étais toujours douté, avec ses airs de Sainte-Nitouche !... Mais ça ne fait rien... je ne m'étonne plus que ce sacré Moulinard me gagne tout le temps au piquet ! C'est son état qui veut ça ! Et lui qui me rebat les oreilles avec la vertu de sa femme ! Elle est jolie la vertu de sa Clémence !... Ah ! toutes les femmes ne sont pas comme la mienne ! N'empêche, j'aime mieux que ce soit la sienne que la mienne qui soit là dedans !.. Pauvre Moulinard, tout de même... Enfin ! Maintenant au moins j'ai la certitude qu'il est cocu... c'est Adrienne qui va rire quand je lui dirai que si je n'ai pas vu, au moins j'ai entendu... Ah ! Je vais retourner auprès de Moulinard parce qu'il ne faudrait pas qu'il s'avise de rappliquer ici !... (*Il va pour partir quand il s'arrête*) Tiens !

VERDUNOIS, *à la cantonade.*

Oui... je vous le promets, je reviendrai... (*Un temps.*)

DURANDEAU, *à part.*

Ils en sont aux adieux !..

VERDUNOIS, *à la cantonade.*

C'est ça ! (*Un temps*) Comment ?

DURANDEAU, *à part.*

Je vais donc voir ce Don Juan qui fait cocu l'ami Moulinard !

VERDUNOIS, *apparaît le dos tourné, parlant à quelqu'un qu'on ne voit pas.*

Le plus tôt possible, c'est convenu ! (*Bruit de baisers. Il se retourne et aperçoit Durandeau*) Sapristi... quelqu'un !

DURANDEAU, *lui clignant de l'œil.*

Tenez, passez par ici. (*Il lui désigne le chemin de droite*) vous ne risquerez pas de le rencontrer.

VERDUNOIS

Pardon ! Monsieur ! mais...

DURANDEAU

Pas d'explications... je sais ce que c'est... j'ai été jeune, moi aussi !.. passez par là, vous dis-je, il n'y a pas de danger... vous ne rencontrerez pas le mari...

VERDUNOIS

Le mari ?

DURANDEAU

Mais oui, le mari de la personne que vous quittez... la petite dame brune..

VERDUNOIS

La dame brune ?

DURANDEAU

Oui ! Vous êtes bien le Monsieur de chez Maxim's ?

VERDUNOIS

Comment ? Vous savez donc ?

DURANDEAU

Mais oui... ma femme m'a raconté... j'étais hier avec elle au restaurant... ma femme, c'est la dame blonde !..

VERDUNOIS

Ah ! c'est vous le mari de la dame blonde !..

DURANDEAU

Oui... ma femme est une amie de la dame brune, elle m'a tout raconté et j'ai éloigné le mari de la dame brune pour vous faciliter votre entrevue...

VERDUNOIS

En vérité, Monsieur, je ne sais comment vous remercier...

DURANDEAU

Ça n'en vaut pas la peine ! Ça m'a même bien amusé et puis moi, vous savez, j'aime les gens comme vous, les gens audacieux... car ça vous a servi d'avoir du culot... hein ! vous n'avez pas dû vous embêter là-dedans.

VERDUNOIS

Ma foi non ! je n'étais d'ailleurs pas venu pour m'embêter...

DURANDEAU

Car je la connais la petite ! Elle est gentille, hein ? et je comprends très bien que vous...

VERDUNOIS

N'est-ce pas ? *(A part)* Je voudrais bien m'en aller !

DURANDEAU

Mais oui ! Mais oui ! Et tenez, il me vient une idée ! pour faciliter vos relations avec elle... Eh ! bien j'ai envie de faire une chose, je vais vous présenter à Moulinard...

VERDUNOIS

Moulinard !

DURANDEAU

Oui ! c'est le mari de la dame brune, celui que vous faites cocu... Vous ne saviez pas son nom ?

VERDUNOIS

Ma foi non ! c'est la première fois que je l'entends prononcer...

DURANDEAU

Ça ne fait rien ! je vais donc vous présenter à Moulinard comme étant un de mes amis. De cette façon-là vous pourrez venir ici sans avoir besoin de vous cacher... Qu'est-ce que vous en dites ?

VERDUNOIS

Je suis confus de tant d'obligeance !

DURANDEAU

Pour commencer, je vais vous inviter à dîner ce soir ! Hein ? ça vous va-t-il ?

VERDUNOIS

Vous êtes trop aimable !

DURANDEAU

Mais non !.. Seulement il faudra que vous ayez l'air de me connaître... je m'appelle Durandeau... Nestor... vous vous rappellerez... Durandeau... et puis je vous présenterai à ma femme... la dame blonde... elle s'appelle Adrienne... je suis sûr que vous ferez une paire d'amis...

VERDUNOIS

J'en serai charmé.

DURANDEAU

Tenez, accompagnez-moi, nous allons au devant du mari, en route, nous allons arranger une petite histoire. *(Ils s'éloignent par la droite.)*

VERDUNOIS, *tout en s'éloignant avec Durandeau.*

Le mari de la dame brune, c'est M. Moulinard...

SCÈNE X

Moulinard, Clémence, *puis* Adrienne.

MOULINARD, *arrivant par la gauche avec Clémence. Apercevant Durandeau et Verdunois qui s'éloignent bras dessus bras dessous.*

Non ! Mais ça n'est pas possible ! je dois rêver... regarde, poupoule, là-bas...

CLÉMENCE

Quoi donc ?

MOULINARD

, Tu vois Durandeau, n'est-ce pas ? Il est avec un monsieur !

CLÉMENCE

Oui !

MOULINARD

Eh bien ! sais-tu quel est ce monsieur ? Non ! n'est-ce pas ? Eh bien... c'est l'amant de sa femme !

CLÉMENCE

L'amant de Mme Durandeau ? Tu en es sûr ?

MOULINARD

Absolument sûr... je le reconnais à son costume, c'est bien le monsieur de chez Maxim's... Et puis je l'ai vu tout à l'heure... je lui ai parlé...

CLÉMENCE

Tu lui as parlé !

MOULINARD

Mais oui ! Puisque je t'ai déjà dit que c'était moi qui l'avais fait entrer... au moment où nous allions partir... pendant que Durandeau était allé chercher ses asticots.

CLÉMENCE

Alors c'est toi qui l'as introduit ?..

MOULINARD

Je me tue à te l'expliquer... j'ai vu ce garçon qui avait l'air de chercher quelque chose... je lui ai dit d'entrer, que celle qu'il cherchait l'attendait... Hein ! ça te fait rire ! je suis sûr que tu te moques de ce pauvre Durandeau...

CLÉMENCE

Oui... c'est ça !

MOULINARD

Mais ce qui m'étonne, c'est qu'ils avaient l'air de causer ensemble comme une paire d'amis... voilà ce que je ne m'explique pas...

CLÉMENCE

Oh ! Durandeau l'aura probablement rencontré comme il sortait... et ce monsieur a dû lier conversation sous un prétexte quelconque...il lui a peut-être demandé un renseignement sur son chemin... est-ce que je sais ?

MOULINARD

Ce doit être ça ! Mais dis-moi ! il me vient une idée ! Pour permettre à ce jeune homme de venir ici quand il voudra, sans être obligé de se cacher de Durandeau.. sais-tu ce que j'ai envie de faire ?

CLÉMENCE

Ma foi non !

MOULINARD

Eh bien ! je vais le présenter à Durandeau, comme un de mes amis !.. Hein ? Qu'est-ce que tu en dis ?

CLÉMENCE

Si tu veux ! Mais quel intérêt as-tu à faire cela ?

MOULINARD

Aucun ! Mais ça m'amuse de penser que ce bon Durandeau est cocu, lui qui me répète à tout bout de champ que sa femme est une Lucrèce !

CLÉMENCE

En effet ! c'est drôle, ton idée !

MOULINARD

N'est-ce pas ? Tiens ! je vais leur courir après et je vais inviter le jeune homme à dîner pour ce soir. . Attends-moi ici, et quand je reviendrai, n'aie pas l'air trop étonnée... tu feras celle qui le connaît. . (*Il sort par la droite en courant.*)

CLÉMENCE, *seule.*

Décidément, les maris cocus sont bien bêtes !

ADRIENNE, *sortant du pavillon, à Clémence.*

Tiens ! vous êtes là !

CLÉMENCE

Oui ! ma chère ! Vous pensez bien que je ne suis pas restée !... je suis allée retrouver mon mari à la pêche, pour qu'il ne se doute de rien ! (*A part*) Elle doit être furieuse !

ADRIENNE, *à part.*

Elle voudrait me faire croire que ça a marché ! (*Haut*) Vous avez vu... M. Verdunois ?

CLÉMENCE

Oui, ma chère ! il a été charmant ! D'ailleurs, je vous ferai faire sa connaissance... car il reviendra.

ADRIENNE, *à part.*

Va toujours ! tu m'intéresses ! (*Haut*) Ah ! vraiment, il vous a dit qu'il reviendrait ?

CLÉMENCE

Mais oui ! (*A part*) Ça la fait bisquer ?

ADRIENNE

Mais il me semble que le voici !

CLÉMENCE

C'est vrai ! Il est avec nos maris, ma chère !

ADRIENNE

Oui ! je sais...

SCENE XI

LES MÊMES, Moulinard, Durandeau, Verdunois.

MOULINARD

Ah ! par exemple, voilà une coïncidence bien extraordinaire !

CLÉMENCE

Qu'y a-t-il donc ! mon mari ! Bonjour, monsieur Verdunois...

VERDUNOIS

Madame, j'ai bien l'honneur !

DURANDEAU

Nous vous expliquerons ça !.. (*A Verdunois*) Cher ami ! je ne vous présente pas ma femme... vous la connaissez déjà ! (*Il lui pousse le coude.*)

ADRIENNE

Tiens ! vous voilà, cher ami ! Vous restez à dîner avec nous ?

MOULINARD

Oui ! oui ! Comment donc ! Ce vieux Léon !..

DURANDEAU, *à Clémence.*

Figurez-vous, Madame, que l'ami Moulinard connaît justement mon ami...

MOULINARD

Mais oui... c'est la coïncidence dont je te parlais !.. N'est-ce pas, cher ami, que c'est bizarre !

VERDUNOIS

Dans tous les cas, je suis enchanté...

MOULINARD, *bas à Verdunois.*

Vous voyez comme ça a pris ?

DURANDEAU, *bas à Adrienne.*

Hein ! Qu'est-ce que tu en dis ?.. (*Il s'approche de Verdunois*) Hé bien ! cher ami ! C'est entendu, vous dînez avec nous !

VERDUNOIS

Ecoutez... je ne sais si je dois accepter !..

MOULINARD

Allons donc ! Vous me désobligeriez... et ma femme aussi... n'est-ce pas Clémence ? (*Bas*) Restez, je l'emmènerai après le dîner...

DURANDEAU

J'espère bien, mon cher ami, que vous n'allez pas refuser notre invitation... voyons, Adrienne, décide-le .

VERDUNOIS

Allons, j'accepte, mais vraiment... je suis confus...

MOULINARD

Et pourquoi ça, c'est sans cérémonie !

DURANDEAU

A la fortune du pot !

VERDUNOIS

Oh ! mes bons amis, vous êtes trop aimables...

MOULINARD

Tenez, débarrassez-vous donc ! Et si vous voulez vous passer les mains à l'eau...

DURANDEAU

Ne vous gênez pas, cher ami, faites comme chez vous... -

MOULINARD

Ces dames vont vous conduire... (*Appelant.*) Clémence !

DURANDEAU

C'est ça ! (*Appelant*) Adrienne !

VERDUNOIS

Oh ! pourquoi déranger ces dames ? voyons...

DURANDEAU

Ça n'est pas un dérangement...

MOULINARD

Elles sont enchantées.

CLÉMENCE

Qu'y a-t-il ?

ADRIENNE

Tu m'as appelée ?

MOULINARD

Oui, poupoule, conduis donc ce cher Léon au lavabo...

DURANDEAU

Verdunois veut se laver les mains, accompagne-le !

ADRIENNE, *à droite de la porte.*

Par ici, monsieur Verdunois !

CLÉMENCE, *à gauche de la porte.*

Si vous voulez venir ?..

MOULINARD, *à Durandeau, tout en regardant Verdunois qui s'avance vers les deux femmes de façon à former un groupe.*

Hein ! mon bon ami ! Qu'est-ce que vous en dites ?

DURANDEAU, *contemplant la scène.*

Ce que je vous disais tout à l'heure ! Nous avons de la chance d'avoir des femmes comme ça...

MOULINARD

C'est vrai ! nous sommes des veinards !

RIDEAU

Auteurs	Titres des œuvres	Hommes	Femmes	Prix nets
Guillemand-de Marsan	Culotte à l'envers (La) d	15	10	loc.
De Rose et d'Arsay	Culotte du marié (scène) (La)	1	»	1 »
H. Duharnois	Cure Merveilleuse (La)	3	1	loc.
Saint-Paul	Dame aux bluets (La)	2	2	loc.
Lebreton-Moreau	Dans cent ans d	troupe	»	loc.
Pierre Achard	Dans l'Escalier	2	1	loc.
Sourilas	Dégrafée d	3	3	5 »
Mestre-Aubry	Demoiselle des Martigues(La)d	3	10	loc.
Cellier-Gramet	Demoiselles Plumemboy (Les)	3	4	loc.
Marc Sonal-Pierre Laurey	Départ du régiment (Le) d	5	10	loc.
St-Paul-G. Rose fils	Dernière carotte (La)	3	2	loc.
L. Lefèvre	Dernier verre (Le)	2	1	4 »
F. Barbier	Deux amours de chandeliers	1	1	5 »
F. Matz	Deux avares (Les) d	2	1	8 »
Ch. Hubans	Deux coqs vivaient en paix	2	1	6 »
F. Gracia	Deux estafiers (Les)	2	»	2 »
Vallès-Garnier	Deux femmes de M. Grochose (Les)	3	2	loc.
A. Condamin	Deux heures de retard	2	2	loc.
M. Chautagne	Deux muses (Les)	2	»	4 »
F. Barbier	Deux parfaits notaires (Les)	2	»	4 »
Hervé-Lecocq	Deuxportièrespouruncordon d	3	»	4 »
Gribinski	Déveine (La)	2	2	loc.
Moreau-Boucherat	Diable au Moulin (Le)	4	8	loc.
St-Paul-G. Rose fils	Divorcerons-nous	3	2	loc.
Gramet-Talber	Doigt coupé (Le)	troupe	»	loc.
Léon Laroche	Domestique pour rire (Un)	1	1	4 »
G. Rose fils	Don Juan de Montmartre	3	3	loc.
Saint-Maurice	Doubles Vierges (Les) d	troupe	»	loc.
L. Bouvet-Lebreton	Drapeau du Régiment (Le)	5	4	loc.
Sourilas	Drapeau jaune (Le) d	4	2	4 »
F. Muffat-L. Bouvet	Dudule	3	2	loc.
Bouvet-Sevrs	Dupont et Dupont	4	3	loc.
St-Paul et Rosy fils	Durandard est un bon garçon	3	2	loc.
Detlin, Boulay-Layrica	Duriflard	5	2	loc.
L. Bouvet-Schmoll	Echange de bals	5	5	loc.
De Lannoy et Lions	Echarpe (L')	4	2	loc.
J. Domerc	Ecole buissonnière (L')	3	»	3 »
Boulay-Layrice	Ecole des Cocus (L')	4	3	loc.
Yver-Septmons	Eh! Ohé! Ladrupette! d	2	»	loc.
Trebla-Croisier	Elle! d	4	1	loc.
Ed. Lhuillier	Elle débute ce soir	1	1	4 »
Delaruelle	El senor Piffardino	1	1	6 »
M. de Marsan	Empire du milieu (L')	3	2	loc.
Marsay	En colonne d	troupe	»	loc.
Baunys et Moreis	Encore un déraillement	3	2	loc.
Saint-Paul	Encore une revue	4	4	loc.
Lebreton-Moreau	Enfant des halles (L') d	3	2	loc.
Jallais Hubans	Enlèvement des Sabines (L')	troupe	»	loc.
Guillemand-de Marsan	Enfants d'Edouard (Les) d	2	3	loc.
Lebreton-Duroc	Enragés d	4	4	loc.
Gribinski	En répétition	4	3	loc.
Villebichot	Entre deux jardins	1	1	4 »
Lebreton-Duroc	Entresol d'Eugène (L') d	4	6	loc.
Garnier-Vallès	Erreur de Bridouille (L')	3	2	loc.
Banès	Escargot (L')	2	3	6 »
A. Pajol	Esprits d'Argenteuil (Les)	5	2	loc.
P. Pottier R. Dubreuil	Estime du Concierge (L')	2	1	loc.
D. Dihau	Eternel roman (L')	1	1	4 »
Deurel-Roydel-Traod	Etrennes utiles	3	2	loc.
Garnier-Vallès	Exploits de Malichard Les)	6	4	loc.
L. Bouvet-Ch. Darantière	Extras de Balochard (Les) d	4	4	loc.
St-Paul-G. Rose, fils	Fais ça pour moi	3	2	loc.
F. Beauvallet	Faites le jeu, Messieurs d	3	1	loc.
Moreau-Gramet	Famille Nitouche (La)	3	4	loc.
L. Bouvel, J. Berry-Rasés	Family-Plage	6	4	loc.
Lebreton-Moreau	Farces du Printemps (Les) d	6	4	loc.
St-Agnan Choler	Faut du prestige (vaud.) d	3	2	loc.
Lebreton-Duroc	Faut que j'casse la g. à Baptiste d	5	3	loc.
G. Rose père	Faux cols d'Oscar (Les)	1	2	loc.
De Lannoy-Lions	Félicité	2	2	loc.
Flers	Femina d	troupe	»	loc.
Ch. Gabet	Femme de Valentino (La) d	2	2	loc.
Moreau	Femmes qui fument (Les) D	7	8	loc.
F. Charmoir	Fête à Claudine (La)	1	1	4 »
E. Duhem	Fête à M. le Maire (La)	5	2	4 »
Guillemaud	Feuille à l'envers (La) d	4	3	loc.
G. Fortin - A. Doyen	Fiançailles de Toinette(Les)d	1	1	loc.
Dorfeuil-Bouvet	Fiancé des Nourrices (Le) d	4	5	loc.
Javelot	Fiancés berrichons (Les)	1	1	3 »
Soulié	Fiancés du bonnet de coton(Les)	1	1	5 »
L. Vasseur	Fichue idée d	2	1	5 »
Brigliano-Talber	Fichue situation d	4	4	loc.
Lionville	Fièvre phylloxérique (La)	3	2	4 »
Bériié	Fille du charpentier (La)	3	1	5 »
Lebreton-Moreau	Fille du marin (La) d	8	7	loc.
Bouvel, Raydel, E. Barré	Filles de Cornenville (Les)	4	7	loc.
Lebreton-Soudant	Filles de la Cantinière (Le d	7	4	loc.
Lebreton	Filles du Charcutier (Les)	3	3	loc.
Lebreton-Moreau	Fils à Papa (Le) d	4	7	loc.
Lebreton-Moreau	Fils de Gouape	4	4	loc.
Chaulieu et Bataille	Fils de M. Alphonse (Le)(vaud.)d	5	2	loc.
Duroc-Mailfait	Five O'Clock de la Baronne	7	2	loc.
Villebichot	Fleuriste et typographe	1	1	5 »
Lebreton-Talber	Foire aux nichons (La) d	7	7	loc.
Pradels-Quinel	Fosse aux ours (La)	4	4	loc.
Lemonnier	Françoise les bas bleus d	troupe	»	loc.
Moreau-Soudant	Francs-tireurs de la mort (Les)	troupe		loc.
Lebreton-Boissier	Frangine (La) d	7	6	loc.
Lévy-Merset	Fantrognon d	8	11	loc.
Lebreton-Moreau	Frère de lait (Le)	1	2	4 »
Carin-Tomy	Friper's and Cᵒ d	5	9	loc.
Lebreton-Moreau	Friquet d	9	7	loc.
Cieutat	Furet (Le)	»	1	4 »
Moreau-Touzé	Gai gai mariez-vous!	4	3	loc.
Moreau-Darsay	Gaîtés du bastion (Les)	5	3	loc.
L. Bouvel et Arribat	Garçonnière de Dutocard (La)	3	3	loc.
Seraine	Garde champêtre de Corneville (Le)	1	»	1 »
L. Dottin	Gendre de M. Duplantoir (Le)	3	2	loc.
Lebreton-St-Paul	Gontran se marie	3	2	loc.
B. Lebreton-Soudant	Gosse (La)	3	2	loc.
Froyez-Colias	Grand Duc Moleskine (Le) d	6	6	loc.
Lefort	Grand papa de la chanson (Le)d	1	1	3 »
Rose fils et Ryvez	Greffeur (Le)	4	3	loc.
Lebreton-Blairat	Grenouille (La) d	4	2	loc.
Hervo-Merki	Grève des Boulangers (La)	»	1	1 »
Moreau-Marcus	Grève des facteurs (La)	2	2	loc.
M.-Brisac	Guerre aux hommes (La) d	6	7	loc.
Lebreton-Nicolaie	Gueule d'Or d	6	6	loc.
Lebreton-Moreau	Héritière des Carapattas (L') d	8	8	loc.
De Marsan	Heureux gagnant (L')	4	1	loc.
C. Roland-A. de Lorde	Hermance a de la Vertu, 2 actes d	2	1	loc.
Villebichot	Hirondelles de la rue (Les)	»	2	3 »
L. Bouvet et G. Arribat	Homme du Parc Monceau (L')	3	2	loc.
Rose fils	Homme explosible (L')	2	2	loc.
Lebreton-Blairat	Homme pâle (L') d	4	2	loc.
Lebreton-Duroc	Hôtel d'Artistes d	troupe	»	loc.
Lebreton-Duroc	Hôtel de Noblepanne d	4	4	loc.
St-Paul-Rose fils	Hôtel des Fantômes (L')	3	1	loc.
Jarantière et Bouvet	Hôtel du lac bleu (L') d	7	6	loc.
Dourel-Roydel-Josl	Hôtel modèle d	7	7	loc.
H. Barbé-de Téramond	Huissier des bons jours (l')	3	2	loc.
Antigeon-Dourel	Hypnotiseur malgré lui (L') d	3	2	loc.
Mize-Bernède	Idées de M. Coton (Les) d	3	2	loc.
G. Roland	Il était une fois d	1	1	loc.
Bessière-De Noter	Ile de Nénuphar (L')	5	2	loc.
Briollet et Tinant	Ile Jaune (L')	»	2	2 »
De Lannoy et Lions	Indispensable (L')	2	2	loc.
Briollet et Arnould	Invalide à la tête de bois (L')	7	2	loc.
B. Lebreton et Blairat	Invalides du Mariage (Les) d	7	7	loc.
Moniot	Jacotte	1	1	5 »
Liger-Aubrun	J'ai perdu Virginie	3	1	loc.
Nargeot	Jeanne, Joannette et Jeannetond	2	3	8 »
Michiels	Jefque et Trinne	1	1	4 »
St-Paul	J'en ai plein le dos	2	1	loc.
Lebreton-Soudant	J'épouse ma bonne d	5	4	loc.
A. Perronnet	Je reviens de Compiègne	»	1	4 »
Yvel	Jeune homme du Tunnel(Le)d	3	3	loc.
Bernicat	Jeunesse de Béranger (La)	3	1	6 »
Lebreton-Moreau	Jocrisses du mariage (Les) d	troupe	»	loc.
B. Lebreton	Joies du divorce (Les) d	troupe	»	loc.
L. Collin	Journée aux soufflets (La)	1	1	4 »
J. Férol	J'teux de sorts (Le)	7	4	loc.
Fransois-Derys	Jules d	1	1	loc.
Herpin	Ki-Ki-Ri-Ki d	troupe	»	loc.
Soudant	Lâchée	5	1	loc.
De Marsan	Lebille est de logement	7	8	loc.
Desormes	Leçon de musique (La)	1	1	4 »
J. Clérice	Léda d	troupe	»	loc.
St-Paul	Leroy s'amuse	3	3	loc.
A. de Lorde	Lettre (La) d	1	2	loc.
Cazaneuve	Loi du pal (La) d	troupe	»	5 »
Barbé	Loup et l'Agneau (Le) d	3	3	loc.
Verneuil	Loupiot (Le)	2	»	loc.
Herpin	Lune de Miel (La) d	troupe	»	loc.
Moreau-Gramet	Ma Colonelle	2	2	loc.
Clairville fils	Madame la baronne d	4	1	4 »
Wachs	Madame le docteur	2	1	4 »
H. Monréal-H. Blondeau	Madame Méphisto d	troupe	»	4 »
Tarpeme-Celval-du Théou	Madame Tubéreuse d	10	9	loc.
Lebreton-St-Paul	Mademoiselle le Docteur	3	2	loc.
V. Roger	Mademoiselle Louloute	2	2	5 »
C. Piévet H. Piquet	Magicien (Le) d	3	1	10 »
Bessière-Marinier	Maire et Martyr d	3	2	loc.
P. Lémon-L. Schmoll	Maires	7	5	loc.
Talexy	Maître Grelot	4	1	7 »
Lavavasseur	Major Baitapoil (Le)	3	1	loc.

AUTEURS	TITRES DES ŒUVRES	Hommes	Femmes	Prix nets
Talexy	Maître Grelot	4	1	7 »
Levavasseur	Major Baitapoil (Le)	3	4	loc.
Bouvet	Major Purjotin (Le)	4	3	loc.
Lebreton	Mam'zelle Baïonnette	3	3	loc.
Moyne-Jacquot	Mam'zelle Claudinette d	3	2	loc.
T'ar Nemo-Celval	Mam'zelle Culot	troupe	»	loc.
De Lajarte	Mam'zelle Pénélope d	3	1	7 »
De Champclos-Jacquin	Mamz'elle Phryné	3	1	loc.
François	Mandat (le) d	7	3	loc.
De Lorde-C. Roland	Ma Négresse d	1	2	loc.
L. Bouvet et Dottin	Mannequin (Le)	3	2	loc.
Jan Pierre et Morelo	Manœuvre électorale	3	»	loc.
H. Moreau	Marchande de Choux-fleurs (La) d	7	6	loc.
Jouhaud	Mariages riches	1	1	3 »
Moniot	Marianne et Jeannot d	1	2	8 »
Tollet-Frot	Marié sans l'être	4	»	3 »
Moreau-Duroc	Maris jaloux (Les)	5	2	loc
Simiot	Mariés de Nanterre (Les)	1	2	4 »
Beissier-Sciama	Mars et Vénus	3	2	loc.
Millou	Matinée du Prince (La)	4	5	loc
Moreau-Bouchorat	Médjidié (Le)	3	1	loc.
Gresset-Bernard	Méfiez-vous d'Oscar d	3	2	loc.
E. André	Melon (Le) (monologue saynète)	1	»	2 »
De Marsan	Ménage Blésimard (Le)	3	2	loc.
Moreau-Darsay	Ménage Poire (Le)	2	2	loc
Desormes	Menu de Georgette (Le)	3	2	8 »
Ch Gabet	Mérite des femmes (Le) d	4	4	loc.
Soudant-Moreau	Mimi Vadrouille	troupe	»	loc.
P. Achard et I. de Pitray	Minuit et demi d	1	1	loc.
Lebreton-Moreau	Miss Kissmy d	5	5	loc.
Beissier	Miss Million d	troupe	»	loc.
Muyrargue	Modern Styl	4	2	loc
Bessier-Moreau	Môme aux Camélias (La) d	troupe	»	loc.
Bessière-Ruffier	Môme aux grands yeux (La) d	8	6	loc.
Chassaigne	Monsieur Auguste d	1	1	2 »
De Marsan	Monsieur Babolin	3	2	loc.
De Marsan	Monsieur de chez Maxim's (Le)	3	3	loc.
Paul Vallès	Monsieur Dutrognon	4	1	loc.
E. Bessière	Monsieur l'Inspecteur	2	4	loc.
Garnier-Vallès	Monsieur ma belle-mère	2	3	loc.
L. Rivaux	Monsieur Pâtemolle	2	2	loc.
Lebreton-Moreau	Monsieur Sans Gêne d	troupe	»	loc.
G. Fortin A. Doyen	Mort vivant (Le) d	»	»	
Blairat-Neuzillet	Mouche (La) d	5	7	loc.
Moreau-Touzé	Mouche du Coche (La)	4	2	loc.
Parlot, Chanteclair-Cuvelard	Moulin d'Amour (Le) d	5	3	8 »
Joly	Myope et presbyte d	1	1	4 »
Desormes	Nègre de la Porte St-Denis (Le)	3	3	3 »
L. Dottin et G. Touzé	Nègre pour rire	3	2	loc.
Dorfeuil-Moreau	Nez de Cyrano (Le) d	troupe	»	loc.
E. Lhuillier	Nez enchanté (Le)	1	1	3 »
Lebreton-Blairat	Ninie la Rouquine d	5	3	loc.
Herpin	Noce à Grospoulot (La)	5	7	loc.
F. Barbier	Noce à Suzon (La)	1	1	4
E. Beissière-Noter	Noces de Lambiston (Les)	5	2	loc.
L. Collin	Noces d'or (Les)	2	1	5 »
Sachs-Damiens-Neuzillet	Nombrikatus 1er D	5	7	loc.
Moreau-Rivaux	Nommé Baluche (Le)	1	2	loc.
De Marsan	Non Lieu d	3	»	loc.
Bouvet-Darantière	Nos bons touristes d	5	4	loc.
Lebreton-Beissier	Nos Marsouins en Chine d	7	4	loc.
Moreau-Gramet	Nos petites Chattes	3	3	loc.
Dorfeuil-Guillemaud-Duharnois	Nos pioupious d	6	4	loc.
Lebreton-Moreau	Nos voisins d	6	6	loc.
V. Roger	Nourrice de Montfermeil (La)	2	3	loc.
Ch. Gabet	Nouvel Achille (Le) (vaud.) d	5	1	loc.
Touzé Prud'homme	Nuit de Noces de Beauflanchet	6	4	loc.
Jacobi	Nuit du 15 octobre (La) d	3	1	loc.
Rose père	Omelette au lard (L')	3	2	loc.
Dédé fils	Oncle et Neveu	3	»	3 »
Louis Bouvet	Oncle Maboulin (L')	4	»	loc.
Marc-Sonal-Gréban	On demande des jolies femmes d	6	11	loc.
St. Paul	On parle Anglais	5	6	loc.
Bessière-Ruffier	Ordonnance Hexuchet (L')	2	2	loc
St-Paul-G. Rose, fils	Ordonnance malgré lui	3	2	loc.
Berthelot-Roland	Othello chez Thaïs	4	10	loc.
Pacra Emmecé	Où est le père	8	4	loc.
Dufils	Paille et la Poutre (La)	»	2	6 »
Boulay-Layrice	Palmé D	4	5	loc.
Billemont	Pantalon de Casimir (Le) d	1	1	6 »
A. Petit	Par autorité de Justice d	7	9	loc.
L. Rivaux	Parachute (Le)	3	2	loc.
Dorfeuil-Moreau	Paris aux Courses d	troupe	»	loc.
Lebvre-Gréhon	Paris sans tailleurs	7	7	loc.
F. Barbier	Par la fenêtre	1	1	4 »
Lambert-Lebreton	Par la Gymnastique d	2	2	loc.
De Marsan	Par Téléphone	3	3	loc.
De Marsan	Partie Carrée	4	3	loc.
Henry Moreau	Partie de Campagne d	troupe	»	loc.
Ed. Lhuillier	Pasquinette	1	1	»
Bénédite-Jancourt	Pays Vierge (le) d	8	4	loc.
De Marsan	Peau Neuve d	3	3	loc.
Rose, fils	Peintre de talent	2	3	loc.
Moreau-Darsay	Pension Carabin (La)	5	4	loc.
L. Bouvet	Pensionnat St-Amour (Le)	4	4	loc.
Albert Lambert	Père Suroît (Le) d	3	1	loc.
Offenbach-Roques	Péri-Colle (Parodie de Périchole)	2	1	2 50
Lebreton-St-Paul	Péril jaune (Le)	2	2	loc.
Perrault-Maty	Perruche de ma femme (La) d	4	3	loc.
Tréblat-St-Cyr	Personne	2	1	loc.
Landay	Pst!! Pst!!	3	3	loc.
Bouvet-Schmoll	Petit Assommoir (le) d	6	6	loc.
B. Lebreton	Petit factionnaire (Le)	4	3	loc.
L. Collin	Petit Spahi (Le)	3	3	5 »
Lebreton-Moreau	Petite baronne (La) d	6	9	loc.
Inas	P'tite bête vit encore (La) d	1	1	4 »
Moreau-St Cyr	Petite Carmen (La) d	9	10	loc.
Lebreton-Moreau	Petite colonelle (La) d	7	8	loc.
Grubinski	Petite Etoile	3	2	loc.
L. Bouvet-St-Paul	Petite Fifi (La)	3	3	loc.
Lebreton-Moreau	Petites Menichons (Les) d	troupe	»	loc.
A. Petit	Petits Japins (Les) d	4	9	loc.
Maurey et Jimbu	Petits Trottins (Les) d	5	6	loc.
Lebreton-Moreau	Petits Zouzous (Les) d	troupe	»	loc.
J. Clérice	Phrynette d	5	9	5 »
Celval-Tarrene-Gibard	Pichard d	3	2	loc.
André	Picotin (Le)	1	»	2 »
Lebreton-Beissier	Piston de Clémentine (Le)	3	2	loc.
Schmoll	Piton	3	2	loc.
H. Alavoine	Plumechat et Cie d	4	6	loc.
H. Barbé	Plus que 1089 jours	3	»	loc.
F. Barbier	Points jaunes (Les)	1	1	5 »
Desfossez-Piccolini	Pommes d'amour (Les)	8	4	loc.
Cinob-Verdellet	Pompier d'Endoume (Le)	troupe	»	loc.
Gresset-Bernard-Letorey	Pompier d'Ernestine (Le) d	2	2	loc.
Aungeon-Dourel	Poste restante 222 d	4	3	loc.
F. Barbier	Poupée automate (La)	1	1	5 »
St-Paul-G. Rose fils	Pour avoir la fille	4	3	loc
Fay	Pour qui le gosse ?	2	3	loc.
Lebreton-St-Paul	Pour qui votait-on ?	4	2	loc.
A. Lambert	Première brouille (La) comédie	»	1	loc.
Couturet	Premières amours d	4	1	loc.
F. Barbier	Premières armes de Parny (Les)	1	3	5 »
G. Rose fils-H. Ryvez	Prestige de l'uniforme (Le)	4	2	loc.
Moreau	Professeur de chant (Le)	1	1	3 »
De Ste-Croix	Pygmalion d	1	2	4 »
Lebreton	Quatre hommes et un Caporal	5	3	loc.
Garnier-Héros	Queue du Diable (La) d	troupe	»	loc.
Delilia-Héros	Qui va à la Chasse	1	1	loc.
L. Collin	Qui se dispute s'adore	1	1	3 »
Ch. Lecocq	Rajah de Mysore d	troupe	»	8 »
Villebichot	Réponse du Berger (La)	1	1	4 »
Millou	Repos du dimanche (Le) d	2	1	loc.
Moche	Retour de Colombine (Le)	2	1	4 »
Jacoutot	Retour de Kerdrec (Le)	2	1	4 »
Meugé	Retour de Margotte (Le)	1	1	4 »
L. Collin	Retour de Musette (Le)	1	1	4 »
Autigeon-Dourel	Revanche de Verluisant (La) d	5	2	loc.
De Marsan	Revenant de la rue de la Pompe (Le)	5	5	loc.
Autigeon-Bourel-Boydel	Revenants (Les) d	3	3	loc.
Marsèle-A. de Lorde	Rêves d'un soir	1	1	loc.
Lebreton	Revue à l'envers (La)	4	4	loc.
St-Paul	Revue interdite	4	4	loc.
Guillemaud	Rien des Agences d	3	2	loc.
Lhuillier	Risette	»	1	1 »
Ch. Thony	Robes et Manteaux d	5	9	loc.
F. Chaudoir	Roi Claquette (Le) d	3	3	6 »
Yvel et Briollet	Roi Koku (Le)	troupe	»	loc.
Desormes	Roland furieux	3	1	5 »
L. Desormes	Romance impossible (La)	2	»	2 »
Busnach	Rosière de Valentino (La) d	2	3	loc.
Michiels	Rosière d'Interlaken (La)	1	1	4 »
Ch. Gabet	Ruy Black (v.) d	7	6	loc.
Clamente	Saint-Yvon (La) d	2	5	5 »
L. Rivaux	Sacré jour de l'an	6	3	loc.

AUTEURS	TITRES DES ŒUVRES	Hommes.	Femm.	Prix nets
L. Bouvet-G. Arribat	Sacré Jules	2	2	loc.
Briollet-Tinant	Sacré Vermillon	3	3	loc
L. Dottin	Sauvage malgré lui	3	2	loc
Ch. Lecocq	Sauvons la caisse d	1	1	5 »
Matrat-Febvre-Bonnamy	Septième Escouade (La) d	8	7	loc.
Darantière-Bouve	Sergent Sans-Souci ( )d	6	6	loc.
R. Planquette	Serment de Mᵐᵉ Grégoire (Le)	1	1	3 »
Lebreton-Soudant	Serment du marin (Le)	4	2	loc.
Lebreton-Moreau	Signe de Léda (Le) d	8	8	loc
Ouvier	Simone et Boquillon	2	1	5 »
Lebreton-St Paul	Sorcelleries de l'Amour (Les)	5	5	loc.
MarcSonal-H. Moreau	Six filles d'Abélard (Les) d	7	7	loc.
Lebreton-Duroc	Spir de Noce d	4	4	5 »
R. Ruffières-Malfait	Soirée bourgeoise	2	2	loc.
Laserre	Soirée d'amateurs ... pochade	5	»	loc.
Lebreton-Moreau	Soldat !	5	5	loc.
H. Gilbert	Son Amant	2	1	loc
Bernard-Gresset	Souffleur par amour d	3	1	loc.
Mavan	Soupirs du cœur	3	2	5 »
Briollet-Tinant	Source merveilleuse (La)	4	2	loc.
Damaré-P. Laurey	Sous-Préfet de Pézenas (Le)	4	2	loc.
Ch. Malo	Souviens-toi de Clémentine	2	1	4 »
Moreau-Darsay	Spiritisme des Familles	4	4	loc.
Tac-Coen	Suzette, Suzanne et Suzon	1	3	loc
C. Roland et P. Berthelot	Symphonie en Jaune mineur d	1	1	loc.
A. Mesnil	T'amuses-tu Pingot	6	»	loc.
Levavasseur	Tante d'Amérique (La)	3	3	loc.
C. Roland	Ta pomme, Pâris	3	10	loc.
Wachs	Tata chez Toto	2	1	4 »
Lemmermor et Prémard	Témoin (Le)	3	1	loc.
Lambert-Lebreton	Terre-Neuve d	3	5	loc.
Saint-Paul et Rose fils	Terrible affaire	3	2	loc.
Briollet-Gerny	Testament Cracfort (Le)	8	6	loc.
Marc Sonal	Théophile	2	1	loc
B. Lebreton-E. Blairat	Tisane des Boërs (La)	4	2	loc.
Chassaigne	Toc	2	2	loc.
Hervé	Toinette et son carabinier	2	1	5 »
Bessier-de Goraga	Tonton d	3	3	6 »
Blanchard de la Bretesche	Torero de Lolotte (Le)	5	5	loc
M. Guillemaud	Toto la Rincette	5	5	loc.
Wachs	Totor et Titine	1	1	loc.
Hubans	Tour de Moulinet (Le) d	2	1	8 »
Bouvet-Febvre	Tournée Cabotin (La)	3	3	loc.
Cartier	Train des Maris (Le)	2	2	4 »
Moreau-Duroc	Tranquil'hôtel	5	4	4 »
Moreau-Darsay	Trente mille francs par an	2	2	loc.
Lebreton-Moreau	Treize jours d'un Parisien (Les) d	troupe	»	loc
Lebreton-Moreau	Treizième spahis (Le) d	troupe	»	loc.
Ch. Gabet	Trésor des Dames d	2	1	loc.
Lebreton-Moreau	Trio de troupiers d	7	5	loc.
H. Gilbert	Triple alliance (La)	5	2	loc.
B. Lebreton-J. Lebreton	Trois Cousins (Les) d	5	3	loc.
Lebreton-Téramond	Trois Gosses (Les)	4	4	loc.
Bouvet	Trois hercules pour une femme	3	2	loc.
Bessière	Troisième du trois (La)	6	6	loc.
Lebreton-Moreau	Trois Maçons (Les) d	4	2	loc.
L. Bouvet et G. Arribat	Troublante énigme	3	3	loc.
Rosé fils & Ryver	Trouvez un père	4	5	loc.
Gribinski	Truc au trottin (Le)	4	3	loc.
Guillemand-de Marsan	Truc de Binochet (Le)	3	2	loc.
Lambert-Lebreton	Truc du Pharmacien (Le)	4	1	loc.
L. David	Tu l'as voulu d	3	1	6 »
Héros-Jost	Tzigane dans les Ménages (La) d	troupe	»	loc.
Javelot	Un amour d'épicier	2	1	4 »
Bessière	Un attentat au bois	2	2	loc.
P. Lefaure	Un beau-père criminel	3	2	loc.
Cardet-Lannoy	Un bon ami	2	1	loc.
D. Fay	Un bon tuyau	9	4	loc.
P. Henrion	Un charcutier dans les fers	1	1	4 »
De Marsan	Un client pas sérieux	4	3	loc.
Chassaigne	Un Coq en jupons	1	1	4 »
Banès	Un domalade	2	1	5 »
Wachs	Un domestique pour rire	1	1	4 »
Moreau-Gramet	Un dragon pour deux	3	2	4 »
G. Roy	Un épicier peu commode	4	2	loc.
J. Laurens	Un futur sur le gril	2	1	4 »
Ch. Malo	Un gendre à poigne	2	2	5 »
H. Levavasseur	Un grand criminel	4	2	loc.
Pericaud	Un hercule qui ne veut pas se rouiller	2	1	4 »
St Paul	Un jour d'audace	4	2	loc.
Cambillard	Un mariage à la force du poignet	1	1	3 »
Ch. Malo	Un mariage au flageolet	1	1	4 »
Dauphin	Un mariage en Chine d	4	1	6 »
F. Bernicat	Un mari à l'essai	1	1	4 »
Pericaud	Un mari en grande vitesse	3	1	4 »
Moreau-R. Parault	Un mari somnambule	2	2	loc.
L. Collin	Un mauvais conscrit	2	»	4 »
Blanchard de la Bretesche	Un mois de clou d	3	2	loc.
B. Lebreton-St-Paul	Un Oncle pour deux	3	2	loc.
Chassaigne	Un 1er jour de ménage	1	1	4 »
Mayrargue	Un Sauvetage	2	3	loc.
F. Barbier	Un souper chez Mˡˡᵉ Contat	»	2	5 »
Bernicat	Une aventure de la Clairon	2	2	6 »
Lebreton-Blairat	Une Consultation d	4	3	loc.
Garnier-Vallès	Une Corbeille de Noce	5	3	loc.
E. André	Une drôle de Marquise	2	1	3 »
Claments	Une étoile d'antichambre d	2	1	5 »
Jouhaud	Une femme du quart de monde	2	1	4 »
Villebichot	Une femme qui bégaie d	3	2	6 »
L. Roques	Une femme tombée du Ciel	1	1	5 »
Villebichot	Une fille à trucs	3	1	4 »
Liouville	Une fille en loterie	2	1	loc.
Touzé-Monjardin	Une intrigue chez les Mouchamiel	2	1	loc.
Desormes	Une lune de miel normande	1	1	4 »
L. Collin	Une mariée sans mari	1	1	4 »
Ed. Lhuillier	Une marine à la vapeur	1	1	3 »
Desormes	Une mauvaise connaissance	3	2	5 »
Moreau-Darsay	Une mauvaise nuit	2	2	loc.
Moreau-Dorfeuil	Une nuit de Paris d	troupe	»	loc.
Bouvet-G. H.	Une nuit chez les Grafouillot d	4	3	loc.
Duhem	Une partie à Robinson	2	2	4 »
L. Martin	Une partie de pêche	5	4	loc.
Wachs	Une pleine eau à Chatou	2	1	4 »
Bernicat	Une poule mouillée	1	1	4 »
Lebreton-St-Paul	Une Rosserie	2	2	loc.
De Paniagua	Une sale Histoire d	3	2	loc.
Chassaigne	Une table de café	2	»	4 »
Robillard	Une tempête conjugale	1	1	4 »
Liger-Aubrun	Urticaire (L')	1	1	loc.
Habrekorn-Latourette	Vache à Palu (La) d	4	1	loc.
R. Planquette	Valet de cœur (Le)	1	1	4 »
St-Paul	Vase de Soissons (Le)	3	2	loc.
J. Walter	Végétariens (Les) d	7	2	loc.
Robillard	Vengeance de Ramolli (La)	2	1	4 »
L. Roques	Vénus infidèle (Retour de mars) d	1	2	4 »
Autigeon	Vie de garçon d	6	16	loc.
Lebreton-Moreau	Vierges du chahut (Les) d	5	0	loc.
Bouvet-Arribat	Vieux, le Melon et le Rat (Le)	4	3	loc.
Moreau	Villa des Gaffes (La) d	6	6	loc.
Lebreton-St-Paul	Vingt-cinq minutes d'arrêt	2	2	loc.
Burani-Planquette	Vingt-huit jours de Clairpaillette d	6	4	loc.
Vallès-Talber	Vingt-huit jours de Gorenflot (Les)	7	3	loc.
Ratcée-Bordeaux	Vive la Classe d	6	8	loc.
Normand-Vallès	Vive les Bleus	7	4	loc.
Lebreton-Moreau	Vocation d'Isoline (La)	1	2	5 »
Jacobi	Voilà l'plaisir, mesdames	1	1	loc.
Ch. Hubans	Voiture à vendre d	2	1	4 »
Lebreton-Moreau	Volontaire de 92 (Le) d	7	2	4 »
Tac-Coen	Volontaire et vivandière	1	1	4 »
P. Talber-Delattre	Volupté des dames (La)	4	3	loc.
Guy-Nory-Merlus	Zidore d	6	7	loc.

Vannes. — Imp LAFOLYE frères